Vie de Joachim Burmeister

Collection Littératures

Dépôt légal – Juillet 2019
© Rhuthmos, 2019 – N° Siret : 81094682200014
14 A, rue Notre-Dame-de-Nazareth, 75003 Paris
ISBN : 979-10-95155-21-8
Impression : KDP/CLIP

AGATHE SUEUR

Vie de
Joachim Burmeister

Rhuthmos

2019

*Ils ôtent la moitié de la vie, ceux qui
en ôtent la musique et le latin.*

Il eut des passions. Le latin, la poésie, la rhétorique ; ajoutez à cela la musique, Monsieur, oui, la musique, quintes, intervalles, harmonie, contrepoint et tout le tintouin. Telles furent les sirènes qui le prirent et l'ensorcelèrent, qui le firent tenir en cette vie, lui, l'humble précepteur classique de l'école de Rostock. Des mots, des sons ; déclinaisons, accords, conjugaisons ; c'était tout un pour lui. Et de là pendant quarante ans il roula son rocher de Sisyphe – oh, ce n'est pas moi qui le dis, Monsieur, c'est Joannes Bacmeister, le recteur de l'Académie des Roses, dont la voix grave surgie de l'habit noir à la fraise endeuillée chante la petite complainte de circonstance : le maître Burmeister voua quarante ans de sa vie à l'école, accablé dans la poussière de l'école, épuisé par l'école. C'est que, voyez-vous, la jeunesse était rude, paresseuse, dévoyée, et le maître un brin austère – complainte de circonstance que tout cela ; car en ce 5 mai 1629, le seigneur Burmeister avait rejoint les cieux, *l'école céleste* – et qu'il soit mort du scorbut ou de la pierre, il ne pouvait répondre à l'orateur funèbre. Et donc celui-ci débita dignement, posément, savamment, sa petite prose préparée pour la cérémonie funèbre ; il la dégusta, la prononça avec délices, la savoura comme la mousse d'une bière épandue sur ses lèvres ; en latin, oui Monsieur, en latin bien sûr, et bien rythmée, avec ses figures obligées, chiasmes, asyndètes, polyptotes, avec ses ronds-de-jambe et révérences à Cicéron ; car peu chalait à Monsieur le recteur, Monsieur le docteur Bacmeister, de saluer l'âme du petit professeur, son quasi homonyme, mais bien d'en imposer à ces Messieurs, ses chers collègues de l'Université venus là par usage et fatigués de toutes ces oraisons diffuses offertes à des infimes. Pensez-y un peu : que de vies minuscules.

Car qui était ce monsieur Burmeister dont on célébrait, en modeste pompe en l'église Sainte-Marie, le départ vers le Père ? Rien, rien qu'un menu maître d'école au fond, qui eût été bien en peine de disserter sur les obscurités de l'Écriture, qui ignorait l'hébreu et avait préféré, aux doctes entretiens de théologie qui mènent aux Himalayas de l'esprit – qui avait préféré, jugez un peu, les élucubrations musicales. On pouvait bien l'affubler, par politesse lasse, de quelques titres altiloques, l'excellent Burmeister, le seigneur Burmeister, le très savant Burmeister, peu importait : les vénérables mandarins de Rostock, emmantelés dans leurs augustes pelisses, dispensaient les mots creux à peu de frais, et n'en pensaient pas moins.

Et quant à moi je sens, je sais que Joachim Burmeister aima son métier, qu'il fut joyeux d'égrener inlassablement ses leçons de grammaire, syntaxe et prosodie à de jeunes éventés, dissipés et braillards, qui rêvaient plus à la taverne qu'aux charmes enchanteurs de la prose latine ; qu'il aima s'évertuer à répandre à lents traits le nectar antique dans les oreilles et les cœurs d'innombrables petits Teutons fils de marchands et de patriciens ; qu'il aima dire et redire, fût-ce à une assistance ahurie ou distraite, que Rome était décidément toujours en Rome, et qu'il fallait détruire Carthage. Son royaume était de Rhétorique, il en était le seigneur, arpentant son domaine avec le doux regard de celui qui se sent élu ; doublement le seigneur, à vrai dire, car son royaume était tout à la fois de musique et de rhétorique ; Éloquence et Harmonie, chacune descendue de son froid piédestal à l'appel du maître dont le luth, ou l'orgue, ou la voix, furent un invincible appeau, s'y étaient trouvées sœurs.

Son père était brodeur de perles à Lunebourg. J'ignore d'où le tiennent ceux qui le disent, peut-être d'un de ces antiques registres paroissiaux qui avec abnégation endurèrent humidité, mites, rats et quatre siècles de vicissitudes humaines ou inhumaines, mais croyons-les, Monsieur. Joachim

Burmeister, père de Joachim Burmeister, fut un de ces petits artisans qui, aujourd'hui comme hier, ont tout autant l'amour de leur métier qu'absence de flair. Voyez un peu, il brodait perles, fils d'or, de soie ou de satin, à un âge où Lunebourg n'avait plus guère que faire de perles, soie, or et satin : car les marchands, riches naguère encore, méticuleux alchimistes transformant l'abondant sel de Lunebourg en or, ces marchands étaient à la peine, et la faute en revenait aux harengs qui au loin, dans la Baltique, du côté de Falsterbo – la Scanie, en Suède, Monsieur –, refusaient depuis peu d'aller frétiller dans les filets, regimbaient à l'idée de se laisser couvrir d'un petit manteau de sel ; ôtant ce faisant toute envie aux braves citoyens lunebourgeois de faire piquer manteaux, étoffes, linge de dot et habits d'apparat de ces passements et autres dentelles inopinément devenus fanfreluches. Et fort heureusement pour eux – les marchands – ils pouvaient se faire une pieuse raison de la disparition de ces fibrilles et dorures vestimentaires : c'est que la Réforme était là, bien établie, solidement campée telle une patricienne replète, enjoignant à chacun la grave sobriété, la sobre gravité et une sainte horreur de toute ostentation fleurant l'air de Rome. Le temps était ainsi – ah, les années 1560, Monsieur – et Joachim père n'eut donc à se mettre sous

réduit poussiéreux qui lui servait d'atelier. Car à défaut de travailler, puisque les commandes se faisaient discrètes et que les harengs menaient la sarabande, le père triait, classait, rangeait ses menus et coûteux trésors en certaines petites boîtes curieuses qu'il avait lui-même fabriquées – à défaut de broderie, que vaille l'ébénisterie –, enluminant leurs couvercles de lettres aux pleins et déliés voluptueux quoique gothiques. Ainsi les boîtes s'égrenaient sur de branlantes étagères de guingois et dépareillées, portant diamètres, couleur, matière, épaisseur, qualité, et pour certaines, une origine obscure quoique certifiée par le Verbe. Peut-être certains soirs Joachim père se rêvait-il apothicaire, troquant soie, fils, perles, or et satin contre herbes, racines, décoctions et onguents qui, après tout, sauraient mieux faire pièce aux maudits harengs réfractaires. Mais certains jours, il avait de l'ouvrage et sous ses doigts précis naissaient tiges, feuilles, petites fleurs de satin blanc perlées, corolles, folioles et autres menues délicatesses pareilles à des flocons. Scène de conte que tout cela, me direz-vous, eh bien oui, ou plutôt non : car Joachim à ce qu'on sait, loin de l'émerveillement enfantin qui réjouit à bon compte des géniteurs béats, restait muet, sans voix à ce spectacle ; et drôle de conte que celui dans lequel c'est le père qui coud, brode et sertit, sans quenouille ni fuseau, tandis que la mère s'affaire d'une voix mâle et enrouée, mais tout à la fois douce, au poulailler familial.

Je veux bien, toutefois, croire ce que l'on dit, à savoir que ce fut à l'église, au culte, les dimanches, que son œil brilla, rayonna, s'enflamma pour la première fois – son œil, Monsieur, mais parce que ses oreilles, qui comme toutes les oreilles répugnent à trahir leur émoi par quelque sot indice, savouraient secrètement une joie nouvelle – ; que dans la nef où s'assemblaient fidèlement bonnets austères, capuchons rustiques et autres couvre-chefs mus par une foi régénérée, il fut soudainement délecté par le son bourdonnant, rageant, triomphant, de l'orgue ; et l'on sait qu'il aima regarder, et regarder encore – autre manière d'écouter – le doigt du chantre, accoté au lutrin, égrenant, déroulant, dévidant inlassablement le temps paisible des cantiques, psaumes et antiphonies par une simple et claire battue, immuable comme les pales du moulin à eau voisin. Ne rêvons pas, Monsieur, ces chants n'étaient pas précisément de ceux dont les respectés docteurs en théologie luthérienne, vaticinant en leurs cabinets d'étude, espéraient qu'ils feraient trembler les murs de la Jéricho catholique avant que de l'abattre, non ; car au chœur espéré cristallin des enfants, à la rumeur de l'orgue éternellement en instance de réparation – rien n'a changé, Monsieur – s'ajoutait, couronne de fortune, la mélopée incertaine de l'assistance entonnant avec cœur, à défaut de justesse, telle mélodie devenue pieuse ritournelle ; et cette dernière appelait fidèlement à soi, comme autant de brebis, des voix frêles ou grêles, pataudes, épaisses, nasillardes ou chevrotantes, et en hiver trop souvent fatiguées de moiteur glaciale, dans l'attente infinie d'une débâcle qui toujours tardait.

Ce fut d'ailleurs par un de ces matins grevés de gel, dans les premiers jours d'un supposé printemps figé dans la froidure, que, âgé de tout au plus dix ans, il eut ce mot resté depuis célèbre – oh, célèbre, Monsieur, par manière de parler, célèbre parmi frères, amis et quelques connaissances choisies. Figurez-vous un peu les lieux : Lunebourg aux confins de mars, ses canaux engourdis de neige et leurs volées de moucherons bruns ou noirs qui s'affairent ici et là, rustauds et virevoltants – oui, Bruegel l'Ancien en Basse-Saxe, c'est cela, Monsieur – ; et au loin, Joachim qui, fixant soudainement son regard comme un gerfaut, aperçoit au bord du serpentin noir que dessine le chemin de curieuses petites fleurs blanches qui dardent leurs pétales ; à sa mère il demande qui sont ces fleurs qui le regardent, et sa mère est mutique, interloquée de voir son fils parler en langue fleurie, si étrange. Alors il dit : « Si elles n'ont point de nom, eh bien, je leur en donnerai ! »

Le père aussi eut droit à son mot d'enfant. Je le revois sans peine, ce souper familial battant silencieusement son plein, sobre ballet rythmé par les morceaux de pain sombre trempés dans un bouillon incertain, et soudain, se dressant im-promptu, Joachim fils claironne, d'une voix nette, soignée, soyeuse et nimbée d'or : *Phrygio es, pater !* Joachim père, médusé, cille, car trop sur-pris pour sourciller – et doctement le fils prodigue à son père sa première leçon de latin. Il lui ex-plique, le savez-vous, Monsieur, que brodeur de perles et d'or se dit *phrygio* dans la lointaine contrée de Latinie ; et le mot répété sonne, résonne puis ravit la tablée de sa douceur frémissante, pareille au murmure du vent d'ouest dans les ramures des peupliers.

Je vois bien, Monsieur, que ma petite musi-que, inlassablement débitée, vous incommode ou vous agace, que vous êtes ennuyé de cette antienne obstinée, de cette entêtante litanie sur feu maître Burmeister, tant de pâles histoires cousues ou rapiécées pour louer un obscur, comme on grandit une ombre infime par artifice de perspective. Et c'est moi, pensez-vous peut-être, qui brode, tisse et sertis sur une piètre étoffe ma piteuse verroterie verbale, harengs, fleurs, fuseau, toute cette risible pacotille. Vous avez raison, Monsieur – ou tort, peut-être, car mon propos n'est point de louange venteuse, j'en veux pour preuve ceci : c'est que, voyez-vous, je ne dirai mot des grands hommes de la Réforme lunebourgeoise, je ne dirai mot des grands hommes de l'école Saint-Jean, des grands – ou petits – professeurs de Burmeister, les Albertus Lenicerus, Hermannus Tulichius, Hieronymus Rhudenius, Lucas Lossius, Urbanus Rhegius, Fridericus Henningus, Johannes Bathelius ; je ne dirai rien de l'école Saint-Jean, si fameuse en Protestantie, depuis Wittenberg, où le pape Melanchthon enseignait la haine des papistes, jusques à Rostock où brillaient ses anciens disciples ; d'autres ont brodé, et pesamment, sur le sujet, et si, à lire les gloses accumulées depuis des siècles, j'ai bien compris que *grammatica in scholis facit miracula, catechismus in ecclesia*, je ne juge pas utile de vous asséner ce petit couplet. Si vous êtes curieux des noms des pasteurs et autres cantors, les voici aussi, prenez, je vous en prie, Christophore Praetorius, oncle du célèbre

Michael Praetorius, Euricius Dedekind, qui fut fils de Friedrich, à défaut d'être enfant bègue. Car Burmeister apprit aussi, bien sûr, à égrener notes chantées, solmisées, pavoisées d'ornements aux jours de fête ; en somme, il apprit à déchiffrer quantité de signes noirs imprimés sur des papiers épais – *Gutenberga facit miracula* –, à les darder en ce monde, par la voix vivante et sonore, et par la plume devenue plus habile à se tremper d'encre.

Les légendes vivent de noms, Monsieur. Mais des noms ne sont que des noms et, de ces années d'école de Joachim, la seule anecdote qui trouve grâce à mon esprit – grâce efficace – a pour protagoniste un maître sans nom. Revenons un instant en arrière, Monsieur, revenons à ce vocable latin, *phrygio*, car Joachim fils – de son père nous ne parlerons plus –, l'avait bien évidemment appris, non pas à la faveur d'une escapade dans la bibliothèque familiale, puisque bibliothèque familiale il n'y avait pas, ou alors résumée au livre des livres, à la seule et impérissable Bible, mais bien de son ingénieux maître d'école qui, pour instruire ès rudiments latins son turbulent ou somnolent auditoire, avait imaginé un de ces ingénieux procédés dont les maîtres ont le secret – maîtres que les Latins de manière non fortuite ont appelés maîtres du jeu, *magistri ludi*, c'est bien cela, Monsieur ? Et donc le maître avait eu l'idée d'amener insensiblement et par secrète ruse ses ouailles, où dominait progéniture de petits artisans, vers les fastes du forum et autres *Quousque tandem* de Cicéron, en les faisant se faufiler d'abord, par venelles obscures fleurant bon la malice et les mauvais tours, jusqu'au carrefour comique, chez Plaute et sa *Marmite*. Allons, Monsieur, faites un effort, vous l'avez lue, oui, c'est elle, la ci-devant *Aululaire*, vous avez ri vous aussi, rappelez-vous, à l'antique source de *L'Avare* ; Plaute, c'est du Molière, souvenirs de collège. Et lorsque Mégadore, le riche vieillard, se plaint – rien n'a changé, Monsieur – des prodigieuses incommodités de la vie moderne pour qui a fortune, or, satin, dépenses et fournisseurs à honorer, il entame sa petite liste et son grand morceau de bravoure : *Stat fullo, phrygio, aurifex, lanarius...* Le jour où cette imprévue mais heureuse réminiscence s'était emparée de son esprit, l'ingénieux maître avait eu tôt fait de brandir son harpon et prendre en ses filets le premier, le second, et enfin ces huit vers latins bénis, huit radieux sénaires iambiques argentés, pêche providentielle, plus que miraculeuse. Quel délicieux banquet grammatical en vue, là, sous ses yeux, quelle orgie de nominatifs, déclinaisons,

assiègent pour avoir leur argent si vous avez l'heur d'être un Mégadore. Bien plutôt, représentez-vous cette ineffable fête pour Joachim, qui trouvait là son père favorisé des dieux, second dans la procession des marchands, qui découvrait que les perles, fussent-elles de verre et non de nacre, peuvent s'attacher à des noms, qui voyait bien aussi, de son œil aiguisé, que la petite perle qui sertissait le nom du *phrygio* sur l'antique table en bois du maître était, de toutes, la seule qui fût de nacre ; et qui découvrait, encore, que s'imprègne sans effort, mieux que la teinture sur les étoffes, ce qui s'égrène patiemment dans la mémoire, en procession sonore et colorée.

Burmeister grandit. Douleur d'une voix qui mue, comme exilée de sa première terre, voix cristalline étouffée ou perdue, *etcetera, etcetera* : lisez les bons auteurs, Monsieur, qui vous débiteront avec ardeur la petite fable du chant d'enfance désiré ou regretté. Mais quant à moi, de la vie de Joachim en sa deuxième décennie, je ne sais que ceci, que l'on ne sait rien, et donc je me tairai. Passons. Passons et rejoignons notre garçon, parti peu après les fêtes de la Saint-Jean 1586 pour Rostock – prononcez bien Ro-s-tock, Monsieur, Rostock, aux portes de la Poméranie. Représentez-vous Joachim, qui bientôt aura vingt-deux ans (aussi bien je crois que j'ai oublié de vous dire qu'il naquit en 1564). Le voyez-vous qui d'abord file vers le nord et s'avance sur l'ancienne route du sel, jusqu'à Lübeck ? Lübeck, qui sonne à ses oreilles comme à d'autres le nom de Balbec, dardant son architecture gothique, ses linceuls de brume et tempêtes sur la mer si proche, Lübeck, dont il n'a jamais vu l'église Sainte-Marie et ses flèches, Lübeck, auguste ville impériale de la Hanse, Lübeck, qui n'a point pour l'instant à s'enorgueillir, à se rengorger du nom de l'illustre Diederich Buxtehude et de la petite – ou grande – légende qui chante, chante et rechante comment l'incommensurable, le révéré, l'immortel *Johann Sebastian* fit tant et tant de lieues à pied pour y venir écouter, l'œil et l'oreille béats, l'organiste enchanteur. Loin, bien loin quant à lui d'imaginer de telles pérégrinations épiques aussi bien qu'incommodes, Joachim épargne bien volontiers ses souliers et chemine à bon rythme, un jour dans telle branlante charrette aux essieux fatigués, au milieu des ballots de sel, un jour tapi dans le recoin de telle voiture de poste et ses voyageurs bedonnants.

Et voici qu'un matin, la cité des Roses apparaît non loin, enserrée sensuellement aussi bien que fraîchement par la Baltique et la Warnow, le

petit fleuve local – *Warneau*, oui, prononcez bien
Warneau. Joachim franchit la porte de Kröpelin,
celle de l'ouest, et le voici à Rostock. Ne vous
attendez pas ici, Monsieur, à une énième Venise
ou Venisette du nord que je vous chanterais avec
force adjectifs pittoresques assortis de rimes choisies, peignant des ciels à la Ruysdael : mon dit
n'est point de ce goût-là, et par ailleurs Rostock
ignore tout des canaux, gondoles, Lido. Tour-
nons-nous plutôt pour quelques instants vers le
babil du temps ; babil visuel, à travers les plans et
les cartes dont se délecte l'Europe érudite, babil
écrit, à travers la petite – ou grande – chronique
qui chante la gloire de la cité. C'est que, vous
l'ignorez peut-être, Monsieur, Rostock est une
*ville parmi toutes les villes de la terre, omnes
civitates orbis terrarum*, et que cela vaut bien,
pour commencer, un petit panorama coloré, gravé
par M. Frans Hogenberg pour le premier volume
de l'ouvrage *Omnes civitates orbis terrarum* de
M. Georg Braun paru en 1572, que contemplera
qui voudra. Mais Rostock – le savez-vous, Monsieur ? – est aussi une des *principales villes du
monde, urbes praecipuae mundi*, ce qui vaut bien
qu'un nouveau petit panorama et sa procession de
couleurs apparaissent dans le cinquième tome du
grand œuvre de M. Braun, toujours lui, en 1597,
assorti pour cette fois, gage de nouveauté, de la

petite prose d'un certain M. Peter Lindeberg, qui vous dira tout de ces nobles lieux. S'il vous prend envie d'ouvrir cet imposant *in-folio*, vous découvrirez qu'arriver à Rostock, c'est arriver d'abord, et par ordre de préséance, chez les Vandales, et ensuite dans la Hanse, et seulement enfin dans le Mecklembourg : *Rostochium urbs Vandalica Anseatica & Megapolitana*. Oh, si j'en juge par la courbe de votre sourcil, Monsieur, vous voilà un brin désappointé de vous savoir en pays vandale : que de contrées barbares. Puisqu'il en est ainsi, hâtez-vous de refermer l'ouvrage de M. Braun, tournez-vous donc vers M. Wenceslas Hollar, graveur de son état, qui vous montrera tout, et fort exactement, de Rostock quelque temps plus tard, en 1625 – et ce sans avoir jamais vu Rostock, notez-le bien. Regardez-la attentivement, cette vue d'oiseau de la ville par M. Hollar, autrement plus instructive et délectable, vous en conviendrez, que le panorama de M. Hogenberg et sa petite *skyline* ecclésiale. Regardez bien le titre, Monsieur. Oui, vous pouvez vous réjouir, réjouissez-vous, vous voilà rasséréné, Rostock s'est défaite de ses oripeaux vandales et se dit désormais en honorifique et substantifique langue de cartographe *mégapolitaine, hanséatique et célèbre par son commerce ainsi que son université.* Ville d'or, ville d'arts : voilà qui convient mieux à notre geste.

Revenons donc à notre homme – ou plutôt à notre tout jeune homme qui, je vous le rappelle, Monsieur, vient de franchir la porte de l'ouest et n'attend plus que nous pour s'aventurer dans Rostock. Si maintenant vous voulez sillonner la ville en suivant Joachim, prêtez l'oreille à ce que vous apprend par mon humble truchement le petit bavardage de M. Lindeberg, respectable citoyen de Rostock, et tout d'abord ceci : sachez, Monsieur, qu'il vous en coûtera 2166 pas si vous souhaitez arpenter la cité dans sa longueur, puis 825 si vous poursuivez en sa largeur – à peine moins, ô gloire, que la cousine impériale de Lübeck. Alors, enhardi par ces premiers milliers de pavés battus par vos bottes et par le vent, vous souhaiterez, j'en suis sûr, faire le tour complet de la cité, et pour cela il vous faudra débourser 5500 pas, sans trébucher, Monsieur. Ce faisant, vous admirerez la petite – ou grande – procession des cinq portes de Rostock qui admettent charrettes, voitures, chevaux, à commencer par la porte de Kröpelin – vous êtes arrivé par celle-là, Monsieur, par l'ouest, ne l'oubliez pas, elle est à droite sur la carte de M. Hollar, qui est une vue depuis le nord. Puis vous rejoindrez la porte de pierre, puis

la porte des meuniers, puis la porte Saint-Pierre,
qui mène vers le paradis de Poméranie – et sachez,
pour votre gouverne, qu'au jour du solstice, cette
porte est irradiée par la lumière du levant : Dieu
en gloire dans le soleil d'orient réformé de
Rostock vaut bien Rome.

Oui, je comprends, Monsieur, le grand air du
nord vous étreint, vous éreinte. Or donc, soufflez un
instant, bien plus, arrêtez-vous quelques minutes
pour rêver en esprit au bord de la Warnow, contemplez la carte de M. Hollar à votre aise. Regardez-la
bien. Et même, regardez, là, au premier plan, de
l'autre côté du fleuve, sur la rive nord, ces braves
gens qui sous vos yeux vaquent à leurs activités
quotidiennes – vandales, hanséatiques, commer-
ciales, mégapolitaines, universitaires, qu'importe.
Tous ils sont là, ces Rostockiens et Rostockien-
nes, devisant et causant, tous, sauf un, comme
vous voyez, abandonné qu'il est à un petit
somme réparateur – ou qui sait, à une rêverie
délicieuse ? Regardez-le bien, Monsieur, ce petit
jeune homme assoupi contre cette vieille souche
providentielle et protectrice, douillettement niché
dans son mantelet bleu aux modestes manches
rehaussées de quelques ornements, avec son petit
chapeau, son petit pantalon de toile jaune et son
paquet à ses pieds. Il est brun. Et pour moi, qui

connais cette vue d'antique date, j'ai toujours su, toujours eu plaisir à me dire que c'est là, fondu dans le dessin du graveur qui préfère comme de droit le type, la petite image d'Épinal, à l'individu – que c'est là notre garçon, Joachim Burmeister de Lunebourg en sa vingt-et-deuxième année. J'ai ce désir, depuis si longtemps.

Patience, Monsieur, encore une porte et votre revigorante promenade sera achevée : il vous reste à passer devant la porte de Bramow – *Brameau*, donc – celle qui va vers la mer, vers le petit port de Warnemünde. Ne me demandez pas ce qu'on y pêche, Monsieur, le sieur Lindeberg, pourtant fin connaisseur des lieux, n'en dit rien. Il vous apprendra en revanche qu'il n'est point d'accord avec ceux qui disent que Rostock est né de *Rosenstock* et tire son nom des odorantes roses qu'abrite sa roseraie aux abords de la ville. Eh bien, ce jardin des roses, le trouvez-vous sur la vue de M. Hollar ? Oui, il est là, bien là, ce fameux *hortus rosarum*, au sud de la porte de Kröpelin, déployant comme autant de pétales et corolles ses délicates allées géométriques, car-rées, étoilées, en demi-lune – oserons-nous dire *à la française*, Monsieur ? Il est là, arborant ses bosquets et même un petit labyrinthe au cœur duquel se cache une fontaine, la fontaine de la

de Schwaan, de Kröpelin, de Bramow ; et d'autres furent baptisées du nom lustral de leurs habitants, comme la rue des pêcheurs, des fondeurs de cuivre, des tenanciers de bains, artisans, marchands, filatiers, bouchers, tonneliers, cordeliers, petits artisans, taverniers, portefaix, boulangers, meuniers ; et certaines sont dites d'après leur conformation, ou ce qu'on y voit, ou ce qu'on y trouve, comme la rue longue, la rue large, la rue étroite, la rue des fontaines, de la vache, des grues, des voleurs, des charlatans, des fauvettes – fauvette, qui se dit en latin *curruca*, Monsieur, d'où vient que la rue des fauvettes me semble être bien plutôt la rue des coucous qui trompent les fauvettes en leur faisant couver leurs œufs, d'où il ressort enfin que ces fauvettes sont tout aussi bien des cocus –, et encore la rue des chevaux, des douves, des tavernes, des boucheries, des poissonniers ; et d'autres rues, pour finir, ont revêtu les noms cossus des premiers habitants ou grandes familles qui firent la réputation de la ville, et dont je me garderai bien de parler, rue des Moines, des Cosfeld, Lagestrat, Wokren, Eselfot, Snickmann. La tête vous tourne, Monsieur, enivré que vous êtes de chiffres, de noms, de lieux ? Je vous en prie, allez tempérer votre ivresse en savourant une généreuse pinte de bière rousse sur la place au houblon.

Y êtes-vous ? Reprenez vos esprits et reprenons. Qu'allait donc faire le jeune Joachim à l'orée du pays de Borée ? Il partait étudier le latin et le grec à l'université de Rostock, l'académie des Roses au nom fleuri – vous savez désormais pourquoi : des fleurs, toujours des fleurs, Monsieur. Son nom est là, bien là sur le grand registre, *Joachimus Burmeisterus Luneburgensis*, vous pouvez vérifier, il y est, confortablement niché dans la petite procession de onze noms qui consacre les immatriculations du mois de juillet, encadré par *Homerus Laurentius holsatus Strandensis* et *Andreas Krakow Rostochiensis* ; onze garçons, gaillards ou fluets, comme vous voudrez, dont quelques nobles, et tous venus des alentours, Basse-Saxe, Poméranie occidentale, Holstein, Suède et Danemark – derniers feux de l'âge d'or de la Hanse. Mais ne nous enflammons pas, Monsieur, car aller à Rostock, c'était toujours et encore manger du hareng, assaisonné seulement d'air plus iodé.

Burmeister entra dans un monde, et pour entrer dans ce monde, dans ce royaume des Roses humanistes, il eut à jurer, à promettre, attester ; en latin, Monsieur, oui, en latin, bien sûr. *Ego juro, etcetera. Moi, Joachim Burmeister, je vous jure obéissance, Monsieur le Recteur de l'Université des études de Rostock, à vous et à vos successeurs en cet office, obéissance en toutes choses, licites et honnêtes. Et je jure que, etcetera. Et si, par un excès, etcetera. Et je ne me retirerai pas que je n'aie, etcetera. Et j'aurai toujours un comportement honnête, etcetera. Et je promets que j'habiterai dans les logements de l'Académie, etcetera.* L'entendez-vous, Monsieur, notre jeune homme, qui prononce avec une pointe d'émotion les formules sacrées, les paroles dorées inscrites au frontispice du grand registre des immatriculations de l'université ? Que votre volonté soit faite, Monsieur le Recteur.

Drôle de monde à vrai dire, que cette Académie des roses, monde dans lequel la table était gratuite pour Joachim, parce qu'il était pauvre, monde fait d'inlassables processions, à commencer par celles des vibrantes mises en garde contre l'inéluctable et imminent triomphe de la barbarie en cet âge de fer, contre les jeux, l'ivresse, la concupiscence, les goguettes – gardez-vous bien de découcher, Monsieur, si vous êtes étudiant à Rostock, car vous avez juré de n'en rien faire à Monsieur le Recteur –, mises en garde contre la danse, les sons de la musique, les auberges, tavernes, pots et chopines – oui, vous avez juré de ne point chahuter la nuit sous les fenêtres des bons bourgeois de Rostock – ; et, pour les jeunes gens enfin assagis et studieux en leurs collèges, salles, réfectoires et grand auditorium, inlassables processions de bonnets carrés et fraises lustrées ou défraîchies, doux molletons pour des barbes vénérables mastiquant doctement le repas commun ou le texte sacré, processions des imposants *in-folio* sur les rayonnages des bibliothèques, processions quotidiennes et hebdomadaires des explications de textes, oraisons, disputes, leçons publiques ou privées, art de conférer ; mais aussi processions discrètement réjouies et hilares des nouveaux licenciés, maîtres et docteurs, et encore, pour se défendre des sournoises menées du diable, qu'il fût jésuite ou non, processions des dimanches et leur calendrier de psaumes.

Drôle de monde, Monsieur, j'insiste : car l'étudiant Burmeister y fut presque aussitôt professeur, oui, professeur, Monsieur, et pas n'importe où, à la porte du ciel, rien de moins, *porta cœli*, autant dire la sublime Porte de Rostock. Vous la voyez, là, sur la carte de M. Hollar, le numéro 13, oui, là, en face de l'église Saint-Jacques. Et notez bien, Monsieur, que point n'était besoin, pour passer le seuil de ladite porte, d'être un ange au souffle diaphane digne du son de ces flûtes ou cornets que les anges ont toujours à la bouche, non. Car la sublime Porte de Rostock était tout bonnement le lieu où les âmes fraîchement émoulues du voyage – que dis-je, du pèlerinage – vers la digne Académie mais encore impréparées, corrigeaient à bon train, comme en vue d'un baptême, faiblesses grammaticales et syntaxe cicéronienne balbutiante pour se mettre en état de rejoindre au plus vite les nobles contrées d'Esprit et de Piété. Là régnaient trois maîtres, déclinaisons, accords, conjugaisons ; conjugaisons, accords, déclinaisons. Ainsi jour après jour, semaine après semaine, sous la houlette bienveillante et attentionnée de jeunes étudiants comme Joachim arrivés quant à eux purs de barbarismes et solécismes et improvisés tuteurs autant que pédagogues par les autorités des Roses, les brebis hésitantes du grand nord voyaient approcher le moment où, sevrées et enfin munies d'un certificat de latinité dûment estampillé, elles pourraient, sur leurs pattes graciles, se mêler sereinement au troupeau estudiantin de Rostock. *Porta cœli* : autant dire un discret débarcadère pour le tout-venant, en vue d'une petite quarantaine linguistique et spirituelle ; un *Ellis Island* pour arrivants métèques en pays latin, avec ses fonctionnaires dévoués et dûment récompensés de leur zèle, comme ce fut le cas de Burmeister qui, après bien des années de bonnes et loyales leçons de grammaire, fut gratifié d'une nomination à l'école de la ville.

Je vous parlerai peu des sept années d'études de Burmeister, et voici mes raisons, que la légende ignore. C'est qu'il est si aisé, Monsieur, de broder sur la passion des humanités, qui, comme toute passion, se doit d'être dévorante, absolue, se doit de vous plonger un jour ou l'autre dans les affres de la mélancolie – la légende est à ce prix, Monsieur, ne l'oubliez pas. Or, Joachim n'eut pas l'heur de souffrir au collège de philosophie de Rostock – bienheureux temps où qui étudiait la philosophie étudiait le latin, le grec, les lettres, l'histoire, la géographie, le tout assaisonné d'un soupçon de philosophie. Oui Monsieur, Joachim Burmeister fut heureux, heureux de décortiquer des heures durant la syntaxe de Cicéron, pour ensuite s'exercer des heures durant à imiter la syntaxe de Cicéron. Il fut heureux d'analyser les parties, sous-parties, membres et menues articulations des discours de Cicéron, pour composer ensuite, disposant avec soin leurs menues articulations, membres, sous-parties et parties, des discours à la manière de Cicéron. On sait qu'il aima les traits et torsions fulgurantes des discours de Démosthène, qu'il aima l'énergie de la langue grecque poussée à une incandescente clarté. Il fut heureux, heureux d'écouter des heures durant les sons et les rythmes de la langue de Cicéron, si suave, si ronde, si coulante, tel jour portée par la

voix d'un professeur – lectures commentées, discours de réception, éloges funèbres – ou d'un étudiant – exercices ou examens de déclamation, sou-
tenances de thèses – mais langue aussi portée, chaque jour, par les voix intérieures, dans le silence
candide et vespéral de la lecture. Et, avant que
mon petit babil ne tourne au sot panégyrique qui
me ferait me taire, je vous dirai encore, Monsieur, qu'il fut heureux, si heureux de scander
sans fin des distiques élégiaques d'Ovide ou de
Properce, entrelacs d'hexamètres et pentamètres
finement brodés ; heureux de scander des stro-
phes sapphiques ou alcaïques d'Horace, dense
tissu de mètres rares ; et, bien sûr, heureux de
scander d'innombrables hexamètres de Virgile,
Horace, Lucain. Que de plaisir, Monsieur : car pour
Joachim comme pour tant de fringants amis des
Muses en herbe, imaginez bien qu'il suffit d'un
mot prononcé dans la divine langue latine pour
que les abords de la Warnow s'illuminent des
promesses du port d'Ostie ou des splendeurs de
Carthage.

Ne soyez pas avide de plus de détails et
piquantes anecdotes, Monsieur, car des études
de notre homme on ne sait rien de plus, sinon
qu'il copia et recopia maintes fois un passage du
livre III, *De l'Orateur*, de Cicéron, où il est dit

Messieurs sont de bien bons apothicaires : car ils aiment les simples.

Mais pour moi qui me contente de chanter l'obscure geste du très docte et infime seigneur Joachim, il n'est point de 93 qui vaille. Car autant vaudrait dire l'année universitaire 1593-1594 – or qu'est-ce qu'une année climatérique dont le calendrier est celui, dérisoire, des écoles, des enfants, à cheval et comme de guingois sur sa jument grégorienne ? Et plus exactement encore, pour honorer la mémoire du temps et des lieux, je devrais dire et sonner, sur ma lyre heptacorde, deux semestres et non point une année, à savoir le semestre de Pâques 1593, *le très honoré seigneur Bartholomeus Clingius étant recteur*, puis le semestre de la Saint-Michel 1593, *le très docte et révéré Magnus Pegelius étant recteur*, qui étant recteur régit, ou régna, jusqu'en mai 1594. À quoi d'aucuns objecteront que, si année 1593 il y a, il faudrait ajouter un reliquat, pour les mois de janvier, février, mars et avril 1593, qui clôturent le semestre de la Saint-Michel 1592, le recteur étant alors *le très illustre prince et seigneur Ulrich, héritier de Norvège, duc de Schleswig, de Holstein, etcetera*, à qui le conseil des professeurs de l'académie des Roses eut le soin et la bienheureuse sagesse d'adjoindre un correcteur, le seigneur Marcus Luschovius – car enfin, jamais un prince n'eût daigné s'acquitter des basses tâches qui incombent à un recteur en ce temps, comme de noter, de sa plume, *manu propria*, dans le sacro-saint registre, les noms des joyeux néophytes entrant au pays des Roses. Me suivez-vous, Monsieur ?

1593, donc, par manière de parler. Reprenons. Loin d'aspirer à revêtir un jour le bonnet rouge de docteur accompagné de son anneau, Joachim se contenta joyeusement d'un anneau fort commun, celui du mariage, bien plus doux à son âme que ne sont les noces de l'esprit, mendiées ou conquises à force de colloques avec des esprits morts. Des tourtereaux, Joachim et Catharina Dethlov – ce n'est pas moi qui le dis, c'est le seigneur docteur Bacmeister dans sa petite prose funèbre – ; des tourterelles à Rostock, y croyez-vous ? Soit, avançons, deux pigeons s'aimaient d'amour tendre en Septentrion. Et nous pouvons y croire, Monsieur, j'ai ce désir, oui, je les vois, tous deux, oiseaux d'amour qui babillent en la langue d'amour et d'enfance – au jardin des roses, bien sûr, parmi les haies et les bosquets embaumés de parfums où pépient les passereaux. Je les vois qui foulent d'un pas léger les allées, je vois leurs doigts qui s'entrelacent ; et soudain leurs nuques dessinent une délicate courbe tandis qu'ils se penchent à la petite fontaine riante, ornée de ses mascarons enfeuillagés, pour y boire une gorgée d'eau cristalline et murmurante. Amants, heureux amants : ceux-là se tiennent lieu de tout, et peut leur chaut de voyager.

La douce colombe, fille adoptive du très prudent et très sage sénateur siégeant au conseil de la ville Jacob Steinmann, put voir son colombeau revêtu des fastueux oripeaux de *magister artium* – cela aussi, c'est écrit sur le grand registre, le 14 mars 1594, pour qui de droit et les siècles des siècles. Et gageons que le beau-père, à défaut d'être satisfait de cette union peu bourgeoise (qui le privait d'un gendre qui fût marchand, fils et petit-fils de marchand), eut au moins la consolation d'avoir pour gendre un maître ès arts, plutôt qu'un minuscule maître ès jeux, et un maître ès arts qui, de surcroît, *ad majorem Dei gloriam*, s'était mis au service de l'Église durant quelques années, au cours desquelles il fut cantor, à Saint-Nicolas d'abord, puis à Sainte-Marie, la plus opulente église de la ville, excusez du peu.

Cantor sémillant que notre homme – en un temps où les cantors n'étaient point écrasés par l'ombre légendaire, en clair-obscur, assortie de ses lettres romantiques, de *Johann Sebastian*, le pape de Leipzig –, Joachim donc, qui avait la voix belle, qui en son privé, chez tel ami aisé, taquinait le luth et le clavicorde, qui touchait le petit orgue positif au soir à Sainte-Marie, déclinait avec méthode de petits contrepoints à quatre voix primaires, comme il l'eût fait de sa grammaire, improvisait d'humbles préludes pour le plaisir de sa tourterelle, et qui, pour le triomphe prochain de la Jérusalem nouvelle, baignait et imbibait journellement les lutins luthériens de sentences bibliques chantées, cantiques aux mélodies naïves et canons spirituels à deux voix ; non sans accompagner le tout, périodiquement, de très nécessaires rugissements de l'orgue et autres roulements d'yeux jupitériens, garde-fous de fortune contre les écarts de la marmaille espiègle.

Il avait appris la composition de musique comme on l'apprenait alors – comme on l'apprend toujours, peut-être –, par lente imprégnation, comme un tissu se gorge peu à peu des pigments de la teinture, les fixe et les rehausse de son grain propre ; par patiente innutrition aussi, analysant, épluchant, décortiquant sans fin les ouvrages de maîtres ou de simples cantors locaux, accumulés dans la sacristie de Sainte-Marie : les Orlando di Lasso, Clemens non Papa et autres Utendal ou

Regnart, hommes de plats pays, flamands voyageurs, croisaient les transalpins Marenzio, Ivo de Vento, mêlés à des obscurs ; psaumes, chansons, messes, hymnes, motets, joyeux fatras que tout cela, mais fatras nourricier pour sûr. Et c'est d'ailleurs d'un Flamand que Burmeister apprit, parmi les roses de Rostock, les secrets de Musique – non point de ces recettes et condiments faciles qui relèvent un mets musical fade ou faisandé (du sel, Burmeister savait tout, étant de Lunebourg) – non, il fut initié à la muette et immuable harmonie des sphères, la musique mathématique.

Le maître ès arcanes pythagoriciens s'appelait Henricus Brucaeus, très excellent docteur en médecine et mathématique, homme de grande sagacité et de profond jugement – les érudits le sont tous, dans les discours du temps – mais aussi Pythie à ses heures, distillant des leçons de musique théorique qui bruissaient divinement aux oreilles des amis des Muses de Septentrion. Insolite Pythie que ce Brucaeus, à vrai dire, catholique révéré en terre réformée, qui professait les divines proportions de la musique sans savoir le moins du monde chanter – ce n'est pas moi qui le dis, Monsieur, c'est Burmeister lui-même – heureux temps où la musique la plus noble était celle qui s'égrenait dans le plus absolu silence, en

processions de chiffres et mots obscurs, mono-
corde, tétracordes, rapports superparticuliers et
hémitons mineurs. Quand Burmeister eut vent de
ces paroles, pour lui comme d'oracle, il courut à
la source, pour y boire le lait nourricier de Musique. Et comme de ses patientes élucubrations le
docteur Brucaeus avait tiré un grimoire, le nouveau disciple obtint de le recueillir pieusement en
ses mains, l'appelant – le croirez-vous, Monsieur ? – le rameau d'or, rien moins. Las ! le
vénéré professeur, récemment converti, ô bon-
heur, à la religion nouvelle, rendit l'âme aux portes de l'année 1593 et son manuscrit disparut. Le
rameau d'or était perdu, et Burmeister Sisyphe
comme devant.

Allons, Monsieur, je vous en prie, n'imaginez pas notre tourtereau durablement affligé
par cette perte. Car depuis quelque temps aussi, il
se pressait vers un autre sabbat, le samedi – oui,
un sabbat le samedi, ne ricanez pas, Monsieur. Et
pour moi, si je porte mon regard au loin, je le
vois, qui, l'œil pétillant, se glisse en hâte le long
des échoppes qui festonnent mainte artère de
cette bonne cité des Roses ; je le vois, qui file,
trépidant, par la rue des fileurs de laine, puis la
rue longue, puis la rue de la vache, pour ensuite
franchir d'un pas hardi la porte de Kröpelin –

toujours la porte de Kröpelin, Monsieur, parce qu'elle mène, vous le savez, au jardin des roses. Je le vois qui y musarde quelques instants, hume avec gourmandise quelques parfums délicats, rêvasse en chantonnant, chantonne en rêvassant, adresse un doux mot en esprit à sa Rose, subtilise une de ces précieuses corolles pour l'offrir à sa tourterelle le soir venu. Puis il reprend sa route et pénètre enfin dans une branlante bâtisse renommée atelier, curieux amas de pièces sombres, derrière de trop rares fenêtres. Ne pensez plus aux roses, Monsieur, si vous entrez ici.

Représentez-vous plutôt ceci, mais non pas de vos yeux, car vos yeux sont ici impuissants, non, avec vos seules narines, de toutes vos narines, de tous vos pores, dussent-ils en être meurtris. Les sentez-vous ? Point de roses, je vous l'ai dit, mais des fragrances assassines. Pires qu'euménides et gorgones, elles vous assaillent avant même que vous n'ayez franchi l'huis de cette *bocca d'inferno* de Poméranie ; les sentez-vous, ces très puissantes et très âcres odeurs de poisson, d'os brûlés – pestilentielles, Monsieur – et d'autant plus insupportables qu'elles sont continuellement mâtinées de senteurs boisées, enivrantes, soudainement divines. Ah, Monsieur, l'homme qui œuvre là, car c'est un homme et

cymbale, flûte sylvestre, flûte à fuseau, nasard, bourdon ; et encore un positif de dos, douze jeux : principal, quintaton, octave 4 pieds, flûte sylvestre, mixture, trompette, bourdon, flûte ouverte, cor de chamois, superoctave 2 pieds, cymbale, pommert, qui est une anche du type de la chalemie, Monsieur ; et encore, les voulez-vous pour finir, liquidons, liquidons, les basses latérales à main gauche, neuf jeux, à savoir trombone, chalemie, cornet, barem – qui est un bourdon traité en ton doux –, bourdon, octave, superoctave, flûte de paysans et régale, le tout en 1 pied. Cinq mille florins, Monsieur, cinq mille florins pour transformer bois et plomb en immenses brindilles multiformes composant un nid colossal, logé dans le chœur de l'église, pour des épousailles voluptueuses tout autant que chastes avec les parois de pierre ; cinq mille florins pour transformer, ô grâce, l'os bovin, meuglant, scié, innommable de puanteur, en touches de clavier blanches et parfois finement mouchetées, dignes de porter dans l'éther le suave encens des voix réformées jusqu'aux bienveillantes oreilles et narines du Seigneur ; cinq mille florins pour apprendre aux choucas ce que c'est que chanter.

Et si je m'arrête un instant, je le vois et revois, ce cher *magister* Burmeister, cantor de Sainte-Marie, zonzonnant comme mouche du coche et moucheron durant de mémorables semaines dans le vaste chœur de l'église où lentement s'élève, s'édifie, se déploie le grand nid festonné de ses tuyaux, comme autant de bouches dociles aux doigts du maître, orné de ses moulures, riches de leur gracieuse austérité, paré de ses claviers égrenant leurs touches, marches et feintes, comme autant de perles blanches et noires métamorphosées en lamelles sonores. Et plus d'une fois, arpentant la nef avec joie, Burmeister se dit et redit ceci : que Monsieur le surintendant des églises de la ville peut bien être, après le Seigneur et en son nom, maître des lieux, maître du gîte, du couvert autant que des biens meubles ; mais c'est bien lui, le modeste Joachim Burmeister, qui habite ces lieux, ce monde, en esprit et de tout son cœur, il le sait, il le sent, joyeusement, doucement, humblement, comme l'oiseau aime et connaît sa branche. Il est l'humble maître des lieux, lui, le petit *magister*, le cantor de Sainte-Marie – cantor, mais pour seulement quelques jours encore, ce qu'il ignore. Car au moment même où il s'affaire sur pierre, sur terre et dans les airs à Sainte-Marie, parmi échafaudages, tuyaux, escapades de colombes enamourées, châteaux en Espagne et contes d'Italie, ses patrons, cependant, ces messieurs du conseil de la République des Roses, aux rostres de la ville, drapés dans leur dignité affectée, parmi la pierre publique et les pampres de bronze, ses patrons s'apprêtent à l'attacher pour toujours à l'école sénatoriale, ci-maintenant lycée, classe seconde, pour la perpé-tuité, s'apprêtent à l'y fixer comme on épingle un précieux et singulier insecte sur une planchette de bois blanc, s'apprêtent à l'y ficher comme l'on plante en terre un solide échalas pour renforcer la vigne – ou bien l'enclos. Oui, Monsieur, dans son altière et magnanime générosité, le conseil de la ville, en vertu des pouvoirs qui lui sont conférés, octroie à Burmeister l'incomparable honneur d'être nommé *précepteur classique* à l'école Saint-Jean, Sisyphe en titre, avec rocher de taille et certifié, contrôlé, validé. Mais heureusement pour lui, Burmeister est pour lors ciron bien plus que soliveau, le nouveau serviteur officiel des humanités ne sait mie de cette respectable promo-tion, il folâtre sous les voûtes du temple enlumi-nées de joyeux contrepoints, il s'égaille autant que le permet la matrone Réforme, sifflotant au besoin, pour ne point inquiéter la religion, un de ces pieux cantiques dont le mode est radieux. Et il se dit, oui, il se dit que cette brave Réforme a décidément du bon, de l'avoir conduit au milieu des roses et des lettres, au-devant de Musique et de sa colombe.

Année mémorable que cette année 1593-1594 – l'année dont je vous parle est la plus grande année –, si mémorable que je ne puis m'empêcher de vous en entretenir encore quelques instants. Si nous perdons le fil, eh bien, nous le perdrons : point n'est tisserand qui veut. Année si mémorable, dis-je, que le frère cadet de Burmeister, Anton, en devisait encore avec son cousin Joannes en 1630, quelques mois après la mort de son aîné, dans une de ces petites lettres rescapées des grandes catastrophes du temps – la Guerre de Trente ans, Monsieur – lettres inlassablement adressées, par l'un comme par l'autre, *carissimo fratri*, ce qui valut, je vous l'ai dit, trois siècles d'identité erronée à Joannes. Quoi de plus logique en effet, pour deux cousins, que de se sentir frères, et de se nommer frères, *très chers frères*, lorsque l'un franchit la porte du royaume des Roses en mai 1594, bientôt suivi par le second en juin. Le grand registre dit tout cela, Monsieur, sur son ton d'*in-folio* majestueux, mais ce qu'il ne dit pas, et que j'aurai loisir de vous apprendre, c'est ceci : si les cousins Anton et Joannes s'étaient pressés d'un pas primesautier en ces terres de Septentrion, c'est parce que la petite légende familiale avait commencé de s'y écrire, de s'y édifier, entre éclats de rire, larmes et souvenirs émus, et ne pouvait rester sans suite. Et dans ladite légende, que je me plais, tendant l'oreille, à écouter surgie de si loin pour mieux vous la redire, l'incipit est de larmes, en habit sombre, Monsieur, les brûlantes larmes d'une mère, de Margarete Burmeister née Soltau, ou Soltow, peu importe, larmes d'une mère qui, frappée de pleurésie – pleurésie purulente, à ce que l'on sait –, n'avait pu, en 1593, quitter Lunebourg pour s'aventurer sur les cahotantes routes menant à Rostock (et Dieu sait que toutes n'y mènent point), qui n'avait pu, ô douleur, venir lisser et feutrer les plumes de son tourtereau d'aîné convolant en roucoulantes noces avec son inséparable, la délicieuse Catharina. Faites-vous mère pour quelques instants, Monsieur, imaginez-vous épuisée de fatigue par les saignées réputées purgatives de ces messieurs de la médecine ; imaginez-vous sur votre séant, dans votre lit – autant dire un grabat – courbée, tordue en deux à chaque instant par la toux brûlante qui vous échauffe et consume tandis que la bûche s'éteint à quelques mètres de là dans le foyer ; toussez, toussez, toussez encore – ces quintes-là ignorent l'harmonie, n'en doutez pas, Monsieur. Et maintenant, pleurez, pleurez, versez toutes les larmes que peut verser une mère ; les sentez-vous, ces larmes, qui coulent sur vos joues creusées de fièvre, le sentez-vous, ce sel qui dévore vos lèvres craquelées de sécheresse alors que vos poumons sont ravagés par le pus humide ?

Mais la mère survécut. Et la petite légende, de son pas pressé et affairé, continue son babil – et dans la petite procession des émotions viennent alors, vêtus en habit simple, les souvenirs émus, encadrés par les éclats de rire réjouis et sonores en leurs habits bariolés. C'est qu'à la fin de février 1594, temps de carême aussi bien que de carnaval, la mère, accompagnée, et parfois soutenue, de son fils Anton et du cher cousin Joannes, suivit l'antique route du sel, jusqu'à Lübeck, puis fit route jusqu'à Rostock : à défaut d'avoir vu son Joachim se marier (la peste soit de cette pleurésie), la mère venait le voir sacré *magister artium* dans le grand auditorium de l'Académie des Roses. Et l'on sait que la première, elle mit pied à terre à la porte de Kröpelin, et au premier instant son fils aîné venu l'accueillir et l'embrasser put distinguer sa frêle silhouette, désormais voûtée, illuminée d'un sourire radieux. Lors, elle voulut tout voir, au bras de Joachim, les huit collèges, à savoir le collège philosophique – *où tu étudias, mon fils* –, le collège juridique, et encore le collège de la demi-lune, de la porte du ciel – *où tu enseignas, mon fils* –, du lion rouge, de la licorne, de Saint-Michel et de Silvanus ; elle voulut voir les églises, Saint-Jacques, Sainte-Marie – *mon fils, tu y fus cantor* –, Saint-Pierre, Saint-Nicolas – *tu y fus cantor, mon fils* –, Saint-Jean – autre nom de l'école, *où, mon fils, tu enseignes*. Ah, plût à Dieu, Monsieur, que Joachim n'eût pas préféré au latin, à la rhétorique et à la musique, la bière rousse, sans quoi j'eusse eu fort à faire, de vous nommer, plus splendides que le catalogue des bateaux grecs sur la grève, les deux cent-cinquante brasseurs de bière certifiés et autorisés dans la ville.

Et lorsque vint le quatorzième jour de mars, veille des ides de mars en calendrier des Roses humanistes, Burmeister mère apparut curieusement nerveuse et comme intimidée. Représentez-vous bien, Monsieur, cette brave fille de marchand vieillissante, qui en sa jeunesse n'a vu et connu que livres de comptes, histoires de sel et de harengs. Ses parents, les voyez-vous ? Tout au plus de pâles et infimes copies du *Prêteur et sa femme* de Quentin Metsys – oui, la fameuse scène de genre au miroir sorcière, c'est cela. Représentez-vous donc ce que c'est pour cette brave femme que de voir son fils aîné diplômé en langues étranges, et adoubé en langue étrange par Monsieur le Recteur empelissé d'hermine – car en fait de latin, la brave Margarete ne connaissait

siècles, figurez-vous cela, Monsieur. Que de poussière. Or donc, la sentez-vous, cette si fameuse poussière, moite, épaisse, grenue, qui vous envahit les bronches, les yeux, le corps entier, jusqu'à la moelle de l'esprit ? Poussière des lutrins, des bancs, des malodorants réfectoires, des salles éternellement trop vieilles, trop sombres, trop sales – encore que je n'y croie guère, car l'école de Rostock était fille providentielle et pure de la Réforme, jeune vierge née en 1580, et non pesante ruine hantée par des ombres poudreuses. Poussière, donc, mais plutôt par manière de dire, métonymie heureusement controuvée pour désigner le labeur obscur et invariable des soutiers des humanités, les relents de pédagogie médiévale moisie toujours menaçants, les rituels rancis imposés par les sacro-saints dogmes de la dernière idéologie à la mode – rien n'a changé, Monsieur –, sans compter les rengaines vieillies mais increvables sur le niveau qui baisse et la jeunesse indisciplinée. Sparte, Monsieur. Oui, Sparte, comme le dit le bon docteur Bacmeister, qui conjugue sans ciller Sisyphe à Sparte dans sa petite prose de circonstance comme Burmeister conjuguait sur les bancs moisis prétérits et subjonctifs. Jugez un peu, quoi de plus vibrant et exquis, pour un éloge funèbre, qu'un petit portrait de Burmeister en Sisyphe hoplite, dûment casqué,

stoïque, endurant son épreuve spartiate jusqu'à
son dernier souffle – c'est Bacmeister qui le dit,
je ne fais que citer, Monsieur. À ce jeu-là, conti-
nuons quelques instants s'il vous plaît et trem-
pons nos lèvres dans le nectar de la mythologie,
cette fée si docile, si dévouée, toujours à la dispo-
sition du maître, toujours là pour offrir, en un
geste ancillaire, ancestral, un nom, une fable, une
anecdote, comme autant de perles à broder sur un
tissu grisâtre. Oui, Monsieur, pouvez-vous voir
en votre esprit ce que voit notre indéfectible
hussard noir – avec ou sans fraise, peu importe,
rien n'a changé – lorsqu'il égrène ses listes de
solécismes, verbes déponents, défectifs, infinitifs
futurs sertis dans la pieuse ou lubrique châsse de
leurs relatives, lorsqu'il commente avec feu tel
éphiphonème, *tant il est difficile de fonder la
lignée romaine* – tout autant que la nation réformée –, et autres hypallages allant obscurs sous la
nuit solitaire ? Ce qu'il voit, c'est Argus. Oui,
c'est un Argus nouveau qui s'offre aux yeux
de ce Sisyphe, ou plutôt non, tout à rebours c'est
lui, Sisyphe, qui, à longueur de journée, de leçon
de prosodie – ah, l'hexamètre dactylique,
Monsieur – en explication de texte comme de
Charybde en Scylla, est offert, livré, abandonné
en pâture à Argus, l'infatigable Argus et ses cinquante yeux qui vous scrutent, vous détaillent,

tandis qu'en retour, comme c'est probable, cinquante yeux sommeillent paisiblement, bercés d'indolence par les *rosa*, *rosam* et *ô tempora, ô mores*. Et notez bien, Monsieur, qu'au rebours de ce que susurre et ressasse la vieille fée Mythologie, c'est Sisyphe, ici, qui est le berger, et Argus le troupeau de brebis qui doit paître à bon rythme l'herbe verte de Cicéron sans s'écarter du droit chemin de Latinie. Allons, Monsieur, courage, roulez-le, ce rocher, roulez-le vraiment, enseignez, enseignez, gravissez la montagne, élevez vos ouailles vers les sublimités de l'Antiquité latine, tandis que lesdites ouailles, jeunesse aux yeux rieurs et embrumés, s'amusent de votre fraise élimée et jaunie, rient, gloussent comme volailles au poulailler de votre langue qui fourche aux matoises syllabes, les *institu-to-ti-ti-tioni-ni-bus*, *intercape-nidi-dinibus* et leurs comparses, qui pour quelques instants vous font bègue et barbare sur les terres de Cicéron. Le voulez-vous rouler, ce rocher, le roulerez-vous un an, dix ans, quarante ans ?

Et le jour où, ô rage, ô désespoir, au fatal rocher s'ajoutèrent les funestes et précoces maladies de la vieillesse ennemie, Burmeister succomba. Que vouliez-vous qu'il fît contre la gravelle, le scorbut et la poussière ? Il mourut.

Petite fable, j'insiste, que toute cette jérémiade sur les malheurs de l'école, car pour moi, je le répète, je crois, je sais, qu'il en fut autrement ; et la raison en est fort simple, Monsieur, et il suffit pour cela d'avoir des yeux pour voir, et des oreilles pour écouter. Car que voyait notre Sisyphe, dans son Tartare, parmi ces godelureaux et autres faquins prétendument voués à sa peine toujours recommencée ? Il voyait, il voyait, souvent – et surtout quand sonnait aux oreilles de tous la voluptueuse langue de l'ancienne et éternelle Rome – il voyait des yeux qui vivaient, pétillaient, brillaient, scintillaient – comme des perles, Monsieur.

Burmeister enseigne, chante, improvise, convole avec sa tourterelle – qui bientôt rejoindra le blanc paradis des amours de colombes – engendre, comme de droit, nouvelle marmaille luthérienne, roule son rocher, imperturbablement, comme au son placide des vagues de la proche Baltique. Il compose, pour le triomphe de la foi, à la demande du seigneur docteur Lucas Bacmeister le Jeune fils de Lucas Bacmeister l'Ancien, théologien de son état, surintendant des églises de Rostock, père de Joannes Bacmeister, deux tomes d'harmonisations à quatre voix des psaumes du révéré, de l'immortel, de l'increvable D. M. L., pour que soient dardées vers les cieux, encore et toujours, les louanges du Seigneur, aux jours de fête comme aux dimanches, comme aux écoles, et jusque dans les appartements du recteur. Chanter toujours. Entendez-vous cela, Monsieur ? Tout Rostock chante Burmeister – oh, petite musique que cette musique, juste de bien bonnes mélodies bien naïves, bien simples, bravement entrelacées deux à deux comme des paysannes danseraient un branle sur leurs lourds sabots, pieuses rengaines que la brave harengère comme la brave fille de marchand, comme le brave sénateur, pourront entonner sans effort, sans oreille, sans fin. Point de magie, point d'alchimie sonore, point de composition ici à vrai dire, juste la rédaction bien menée, par un modeste secrétaire de Dieu aux affaires musicales, de cent cinquante braves chorals couchés sur le papier et dressés dans les cœurs, campés solidement, bravement, sur leurs quintes et leurs octaves, égrenés à bon train par leur auteur, comme une vieille femme file machinalement de la laine, d'un geste sûr et immuable. Ah, que ne ferait pas Burmeister pour satisfaire Monsieur le surintendant Bacmeister, qui a tout pouvoir à Sainte-Marie, tout pouvoir sur le nid colossal aux trente-neuf tubules ; il est le maître, on est le serviteur, et il ne reste à Burmeister qu'à prier humblement ses patrons et seigneurs, à la faveur de quelques respectueuses hyperboles de circonstance, de bien vouloir agréer les harmonies salvatrices qui désormais soutiendront dignement, et en allemand, les âmes sur le chemin de Dieu.

De Pâques en Pentecôte et en Noël, et de Noël en Pâques et Pentecôte, les jours, les ans s'égrènent, sans que jamais rocher amasse mousse. Maître Burmeister œuvre fidèlement au triomphe de la religion nouvelle contre Rome, en enseignant avec passion et patience la langue de

avec Dieu en sa divine et vibrante omniscience, il vous faut constituer en vos tablettes un rapport mathématique superparticulier de 9 à 8, et un rapport de 2187 à 2048 pour le grand semi-ton, 256 à 243 pour le petit semi-ton, 32 à 27 pour le semiditon, 64 à 81 pour le diton, 4 à 3 pour le diatessaron, à savoir la quarte, Monsieur, qui vous procure une heureuse petite pause dans la complication des nombres. Puis – reprenez, reprenez – il vous sera besoin d'un rapport de 729 à 512 pour le triton, 729 à 1024 pour le semidiapente – ici je soupçonne une faute dans le grimoire du sieur Brucaeus, deux fois 729 instillent en moi le soupçon, j'y vois œuvre ou erreur diabolique –, 3 à 2 pour le diapente – la quinte, la quinte pure, divinement pure. L'entendez-vous en votre esprit – et non en votre oreille, point d'oreille qui vaille ici –, cette quinte pure, qui irradie de toute sa clarté ? Accordez-vous donc quelques instants de répit, Monsieur, puis reprenez, reprenez, car les intervalles suivants se font de 128 à 81, 27 à 16, 16 à 9, 243 à 128, 4096 à 2187 – après quoi, avant même de quitter ces contrées mathématiques supra-lunaires vous retomberez déjà, presque, sur vos bottes terrestres par la grâce du bienheureux diapason, l'octave sympathique et ses doux effets d'unisson, de 2 à 1.

La musique, donc, était solidement campée sur ses deux parties, la pratique et la théorique. Mais voyez-vous, Monsieur, il y avait là de quoi douter et s'agacer, de quoi pester et regimber, pour nos érudits réformés, à commencer par le premier, D. M. L., le providentiel D. M. L. à la triple initiale. Car, je vous le demande, comment imaginer que le Docteur Martin Luther puisse décréter divin, digne et élu de Dieu l'art de musique, refuge salutaire contre les vicieuses icônes des idolâtres, si celui-ci ignorait la Trinité ? Ainsi naquit, sous la plume des grands – ou petits – hommes de la Réforme, dans le secret de leurs cabinets de travail, la troisième et divine partie de Musique : la poétique. Ils la firent naître comme Dieu fit naître Ève d'une côte d'Adam, et sachez que, par un juste retour des choses, tout comme Ève engendre des hommes – ou des femmes –, la poétique, *art de composer et d'élaborer des mélodies et des harmonies*, enseigne l'art de façonner, créer, engendrer une pièce musicale.

Eh oui, Monsieur, vous l'avez compris (en attendant de tout comprendre à mon petit jargon) : par une opération magique, par la grâce des arts libéraux – ou de Dieu, qui sait ? –, vous voilà passé de mathématique en poésie, puis en théologie. Revêtez donc, ne fût-ce que pour un instant, les graves habits de docteur, ajustez votre bonnet, caressez doctement l'anneau qui orne votre doigt d'élu ès arts libéraux, prenez un air austère, contemplez les profondeurs insondables de la vérité divine et notez bien que dans cette Trinité musicale, la théorique est le Père, la pratique est le Fils (car il est de chair), et la poétique le Saint-Esprit, qui engendre le petit miracle de l'œuvre, du souffle et de la vie. Ah, n'est-elle pas magnifique, cette petite élucubration théologique et musicale de nos chers érudits luthériens ? Heureux petit bricolage, oui, vraiment, et bricolage dont l'intérêt majeur, voyez-vous, est de prouver, dévoiler, révéler l'intangible, la magnifique, la glorieuse vérité, à savoir que le grand art d'incarnation, ce n'est point la peinture, Monsieur : c'est la musique.

Mais dans cette petite – ou grande – Trinité musicale comme dans l'autre, il est toujours besoin du Père, de l'autorité du Père, d'une figure du Père : d'où vient que pour seconder le Père en sa ponctuelle et éventuelle absence, Messieurs les érudits donnèrent un parrain à la poétique, et un parrain païen, figurez-vous, en la personne d'Aristote. Aussi bien un parrain n'est qu'un parrain, et le petit babil de la fée Théologie se poursuit, il tinte aux oreilles de nos érudits réformés :

pour que l'Esprit saint vive dans le Fils, il faut que le Père soit, premier, barbu et vénérable ; pour que Poétique musicale vive dans la chair de Pratique musicale, il est besoin de Théorie en son manteau mathématique. Au commencement est donc le chiffre, *quod erat demonstrandum.* C.q.f.d., Monsieur. Tel était le petit raisonnement, sonnant et trébuchant, de Messieurs les théologiens divaguant dans les sphères de l'esprit, par quoi se clôt ma petite digression, car vous voilà ores en état de saisir ce que ce matin-là Joachim Burmeister comprit.

Ce qu'il comprit, Monsieur, le voici : il comprit que chercher le rameau d'or, c'est aller vers le Père – Dieu, Pythagore, Brucaeus, qu'importe –, c'est aller vers le père comme Énée frémissant, précédé de la Sibylle de Cumes, descendit aux Enfers par la grâce du rameau d'or, pour y retrouver l'ombre du vieil Anchise. Mais pourquoi, se dit Joachim, s'acharner et se vouloir précipiter vers le Père et vers les Enfers, si le rameau d'or est perdu ? Si le père est absent, si Pythagore, si Dieu, en somme, refuse à son émule l'entrée en Théorie, si la musique des sphères est pour l'instant – ou à jamais – pâlie, qu'à cela ne tienne, pourquoi ne pas s'en remettre tout de go au Saint-Esprit, sans avoir à baiser d'abord la pantoufle du

Père en ses habits théoriques et pontificaux ? Oh, je vous en prie, Monsieur, ne vous offusquez point de ce petit raisonnement de notre homme, un brin leste et insolent, je vous l'accorde. Rappelez-vous seulement que Joachim Burmeister n'est point théologien, n'est point docteur, n'est rien, rien qu'un humble maître ès arts qui aime les arts plus que les chiffres et les dogmes. Ce matin-là, donc, en quelques instants, Joachim Burmeister a compris. Il fait son deuil de Théorie, la lointaine et distante Théorie, tant il voit qu'à rebours, Poétique et Poésie lui sourient ; c'est que, Monsieur, elles sont toujours douces à ceux qui les vénèrent, fussent-ils en Poméranie. Lors se faufile en lui, insensible d'abord, diffuse, puis bientôt nette, indubitable, rayonnante, vibrant de son éclat, une idée, qui est aussi songe et tableau : Musique, Poésie et Rhétorique lui apparaissent et sont soudainement trois grâces fleuries qui le regardent, et le prient de les honorer – mais comment, demande Joachim ? – et elles répondent, d'une même voix soyeuse et nimbée d'or : en nommant nos affinités. Vous souriez, Monsieur, je le vois bien, oui, je vois que vous ne croyez guère à cette fable, à ce petit fatras, ce songe, ce tableau, ces grâces en habit d'Ève qui prient avec mille politesses fleuries notre hoplite, notre hussard éreinté par ses mille veilles et ses constantes batailles en terre de Latinité, de devenir leur chantre dévoué. Et vous avez raison, sûrement, laissons cette fiction à ceux qui, je présume, l'ont inventée pour accorder haute et rassurante origine aux ouvrages d'un homme d'obscure naissance.

Acceptons donc le point aveugle, obscur et noir, quittons à pas feutrés le cabinet des Muses où Burmeister va bientôt écrire et signer, en petits caractères, la dédicace de ses œuvres aux grands hommes de Rostock – son cabinet des Muses, ou encore Musée, Monsieur, c'est ainsi qu'en leur temps messieurs les humanistes nomment leur cabinet de travail ; quittons ces lieux où sans compter les moignons de chandelle, Burmeister désormais spécule, élucubre sur les liens de musique, poésie et rhétorique. Ou plutôt, non, tapissons-nous, obscurs, dans un recoin, auprès des blattes et des rats qui depuis toujours, compagnons alchimiques de Feu et Humidité, se réjouissent des livres à venir comme d'autant de longs et savoureux festins, et regardons.

Et ce que lors verrons, c'est tout au plus ceci, car le reste est tâche trop obscure – ou trop indifférente : harmonisant Musique, Poésie et Rhétorique, Burmeister nomme, classe et range en curieuses petites boîtes mentales finement ouvragées

des solécismes musicaux, qui s'élèvent à onze,
Monsieur, *tautoëpia*, strophe, syzygie précipitée,
catachrèse de la quarte, *symplokê* des disparates,
intervalle *aspéton*, *diplasis* des intervalles harmoniques imparfaits, *kakokrupsis* des dissonances,
kakosunthésia des disparates, *êlleimma, tonopa-
ratasis*. Puis il se tourne vers les fleurs, les fleurs
de rhétorique – c'est ainsi qu'on les nomme, dans
les traités, de toute Antiquité –, oui, les fleurs de
rhétorique, aussi appelées figures de style, aussi
appelées ornements, et encore appelées, Monsieur, lumières du discours, parce qu'elles brillent
comme de menues perles scintillantes, délicate-
ment disséminées çà et là dans le tissu oratoire,
dardant leurs faisceaux. Et de figures comme de
perles, Monsieur, point trop n'en faut sur l'élo-
quente étoffe, sous peine de ressembler à tel qui
affiche grossièrement à chaque doigt une ou plu-
sieurs clinquantes pierres ; Burmeister sait tout
cela, il a lu les traités – qui tous le disent et le
redisent, Monsieur, et en ces propres termes – ;
mais c'est, aussi, qu'il a maintes fois vu tel marchand bourgeois étalant sottement sa richesse, et
c'est aussi, enfin, que, depuis toujours, il sait ce
qu'est l'art de broder.

Burmeister, donc, se tourne vers les fleurs
musicales, que par la grâce des Muses, en leur

minuscules ou capitales, de différentes qualités, romaines, italiques, gothiques, grecques ; et patiemment il les égrène, les dispose, les aligne en rangs serrés dans leur petit fourreau de bois, sur la planche dévouée qui, serrée par les bras puissants de la presse, doit engendrer bientôt le petit miracle – *Gutenberga, etcetera.* Et plus que tout, Burmeister se délecte de cette autre musique – toujours de bois et de métal – qui sonne à ses oreilles et fait briller son œil ; musique des menus caractères qui sonnent et s'entrechoquent comme osselets ou dominos à la taverne, et qui s'assemblent proprement et exactement à rebours de ce qui se donnera à lire, en un cryptique palindrome, en un miroir pour initiés, comme un canon musical *cancrizans* se dévoile et déchiffre à revers. Ah, Monsieur, lorsque ces deux hommes-là ont à se parler, traquant coquilles, écarts, erreurs, ils se comprennent à demi-mot : le typographe est lui aussi compositeur.

Trois titres. Trois titres pour trois ouvrages bien campés dans leur format *in quarto*, douillettement emmantelés dans leurs poèmes d'hommage, lettres dédicatoires et reliures de cuir, trois ouvrages égrenant leurs chapitres, définitions, tables synoptiques, exemples, remarques, observations, *soli Deo gloria* d'usage et autres *errata* – en latin, oui Monsieur, en latin bien sûr. *Hypomnematum musicae poeticae synopsis* en 1599, *Musica autoskhediastikê* en 1601, *Musica poetica* en 1606 : les secrets de la poétique musicale expliqués dans la langue de rhétorique, ou comment un Sisyphe tente d'être Aristote. Ce sont de beaux ouvrages, Monsieur – peu compréhensibles pour qui ne connaît point la culture du temps, mais beaux ; beaux de leur dense tissu de lettres serti de notes, constamment retissé, année après année, corrigé, augmenté, orné, avec le soin du détail propre aux bons artisans ; beaux de leurs mots obscurs à qui ne connaît point la langue hellène ; beaux de l'énergie d'un esprit et d'une voix qui creusent avec ardeur un sillon nouveau dans les terres fécondes de Musique. Vous y apprendrez, Monsieur, que le compositeur de musique et le musicien sont des orateurs, des Cicéron et Démosthène ; qu'une pièce de musique, mais aussi une phrase musicale – appelée période – ont un début, un milieu et une fin, comme toute œuvre, ce qu'avait dit en son temps Monsieur le *magister* Aristote. Vous saurez que la langue musicale a sa grammaire, ses solécismes, sa syntaxe, ses clausules – vous pouvez dire cadences, Monsieur –, ses styles, ses ornements. Voulez-vous apprendre l'art de la composition musicale ? Suivez les principes égrenés par le maître, gardez-vous avec soin des onze solécismes (comme de onze diables jésuites), faites rayonner et sonner les vingt-six figures (comme autant de signes de l'élection divine), pratiquez assidument les quatre styles, encore et toujours, pour parvenir un jour aux fastes de l'éloquence musicale – et pour cela, gardez toujours à l'esprit qu'il faut imiter les meilleurs compositeurs. Et sachez enfin ceci pour finir : il faut que ceux qui chantent recherchent la lamprophonie, la *voix claire et sonore*, Monsieur, il faut que ceux qui jouent des instruments, orgues, trompettes, sacqueboutes, aspirent à la chalcophonie – la *voix d'airain*, Monsieur, la voix tonnante et triomphante des trompettes qui firent trembler puis s'effondrer les odieux murs de Jéricho. Que triomphe la musique nouvelle, au service de la religion nouvelle.

Et sachez que de ces livres si peu lus en leur temps – rien n'a changé, Monsieur –, si peu vendus, quelques exemplaires seulement ont survécu aux si célèbres, aux si fameuses injures du temps. Des trois, lequel souhaiteriez-vous feuilleter ? Celui-ci ? Très bien, le deuxième, paru lors que le siècle dix-septième avait un an, *Musica auto-skhediastikê*, les *Improvisations sur la musique* – ouvrage fort peu improvisé, je vous rassure, le titre n'étant là que pour repousser les pédants par son apparente désinvolture. Tenez-le dans vos mains, appréciez à loisir son poids de bel *in-quarto*, admirez la riche ornementation qui encadre et honore la page de titre, admirez, tout au long des 256 pages, la lente procession des chapitres et tables synoptiques, imperturbable en dépit des assauts du temps, qui tout, secrètement, gondole et ronge. Ah, vous avez bien fait, Monsieur, de vous saisir de celui-là, car pour moi, il est, de ces trois livres, celui qui me touche le plus. Et la raison en est fort simple : c'est qu'il n'en reste au monde aujourd'hui que huit exemplaires, Monsieur, dont un à Lund, et qu'il me plaît, pour la petite légende, qu'il y en ait un à Lund, en Suède, en Scanie, non loin de Falsterbo, Monsieur. Comprenez-vous cela ?

Quel beau livre. Et maintenant, pouvez-vous voir ceci en votre esprit : ce même volume, celui-là même, celui que vous tenez entre vos mains, est là, par un petit matin de 1601, sur l'étal de Monsieur l'imprimeur universitaire Christophore Reusner, fraîchement sorti des presses – vous observerez d'ailleurs que le papier n'a pas fini encore de boire l'encre épaisse. Il est, là, bien là, ce livre, offert aux yeux, dardant son titre parmi d'autres – thèses de médecine sur la phtisie, le choléra, le rein et les calculs biliaires, thèses de théologie sur les vérités de la religion chrétienne, *quand le monde a commencé, que Dieu a créé le monde à partir de rien, que tous les maux en ce monde sont régis par la Providence divine*, mais aussi thèses de droit, sur les obligations, mandats, gages, hypothèques, achats et ventes, testaments. Le voyez-vous, ce titre, *Musica autoskhediastikê*, qui vous appelle invinciblement, de toutes ses syllabes, et semble vous ouvrir la porte du ciel ? Et Burmeister, le voyez-vous en cet instant ? La sentez-vous, cette jubilation de l'œuvre accompli, la sentez-vous, cette grâce de l'érudition devenue créatrice, cette douce ivresse d'avoir bâti un édifice de mots et de sons là où se dressait un simple rocher ; la sentez-vous, l'ineffable réversion du labeur en paroles dorées ?

De Burmeister, Monsieur, les érudits ne vous diront plus rien ; ou, tout au plus, ils vous débiteront la petite fable du maître désormais silencieux, de l'humaniste aigri qui rêve au siècle ancien, en cette seconde décennie du siècle nouveau, dix-septième de son état, pétri de nouvelle science ; l'infortuné Sisyphe, loin de mener au soir, sous la nuit brune, les Muses baller aux rayons de la lune, mais remarié pour les commodités et nécessités de la vie ménagère avec une pieuse matrone un brin maritorne, vaque, péniblement et comme de droit, et cette fois pour toujours, à ses occupations aussi communes qu'obscures. Déclinaisons, accords, conjugaisons. Cruelle destinée que celle de maître Burmeister, dont, ô tristesse, nous ne saurons plus rien, rien qu'un vague poème de circonstance par ci, un service funèbre par là pour pleurer une fille chérie tuée par la phtisie. Messieurs les érudits, s'il leur vient l'envie de se montrer intarissables, vous expliqueront tout au plus comment dans les années 1610, venu on ne sait d'où, un jeune loup − je ne le nommerai pas, Monsieur −, entiché de goût moderne, de frisures et autres rubans mélodiques à l'italienne, fait au milieu des roses de Rostock le galant, le paon, le renard, et bientôt la loi dans les églises de la ville – toutes les églises de la ville, Monsieur – placées sous sa férule intrigante et intéressée, et comment ce fringant monsieur condamne l'ancien cantor de Sainte-Marie, vitement estampillé pédant théoricien à la prose cryptique, sacré maître ès vieilleries harmoniques, à remâcher, ruminer, ressasser, solitaire, telle une sphinge délaissée, ses obscures listes de solécismes. Le temps est aux fioritures, Monsieur, non aux fleurs.

Mais quant à moi, je ne vous chanterai point ces petites variations faciles car, vous vous en doutez, ce couplet-là sonne faux à mes oreilles. C'est que, si vous l'avez compris, j'ai lu, lu, lu, ou du moins tenté de lire, déchiffrer, décrypter cette lointaine rumeur écrite, infime et assourdie, qui a nom Burmeister, amas de traces lacunaires et incertaines, et j'en conclus ceci : qu'est-ce que lire, Monsieur, pour qui veut bien user ses yeux sur ces antiques registres, pour qui parcourt gloses et chroniques, pour qui s'essaye à distinguer, à des lieues de temps, l'écho de tel éloge funèbre convenu prononcé devant une maigre assistance composée d'autant de chaises vides que de mouchoirs humides ? Lire, Monsieur, c'est traduire – et traduire sans trahir. Et pour moi j'ai lu, lu et relu

bien là que le bât blesse, infiniment, de toute éternité. Car Joachim Burmeister veut bien rendre à Dieu ce qui est à Dieu, à César ce qui est à César, à Sa Sainteté le Docteur Martin Luther ce qui est à Sa Sainteté le Docteur Martin Luther ; mais, toutes prières cessantes, il lui suffit désormais d'avoir épousé en secondes noces Dorothea – Dorothea, c'est-à-dire « don de Dieu » en grec, Monsieur –, qui lui a donné Dorothea fille ; il lui suffit, en somme, de deux dons de Dieu, sachant que Dieu, qui sait si bien donner, pour toujours tout reprendre, lui a repris en 1602 sa petite fleur, Margarete, petite-fille de Margarete, fille de Catharina la pure, elle-même trop tôt partie convoler avec les anges. Il suffit, donc, à monsieur le serviteur des autorités des Roses d'avoir rédigé à bon train ses cent cinquante harmonisations des psaumes, œuvre pie de 1601 qui n'a point sauvé Margarete, et qu'ores tout Rostock ânonne respectueusement, benoîtement, insupportablement. Il lui suffit d'avoir docilement usé ses yeux, en 1599, pour peaufiner la petite mise à jour périodique du bréviaire luthérien en bas-allemand à l'usage des diablotins de Poméranie : considérez un peu, Monsieur, ce que c'est, pour un amant des lettres latines, que d'être prié par Monsieur le surintendant, sans autre forme de procès, d'œuvrer, obscur, au triomphe de l'éructante, grommelante et lourdaude *Spröke der heiligen Schrifft van den vörnemsten hövetstücken christlyker Lehre und Festtyden : ock utherlesene Psalmen und Gebede, den Kinderen in den Scholen tho einer gottsalige övinge Thomsen gebracht.* Il lui suffit d'avoir composé, en 1605 et en vers allemands (toujours de ces maudits vers allemands), une menue pièce de théâtre à l'usage des braves écoles luthériennes, *Le Christ révélé fils de Dieu à l'âge de douze ans*. Il suffit. Oui, Monsieur, Joachim Burmeister en a décidé, il a tranché : sa demeure sera consacrée aux Muses latines et à la musique, bien plus qu'au livre saint parmi les saints en ses accents vernaculaires et déclinaisons scolaires. De déclinaisons, il n'est que latines.

Et maintenant, tournez vos yeux encore un instant, je vous prie, vers le petit tableau, vers la petite scène de genre, et plus précisément, vers la table familiale, Monsieur ; regardez-la bien, scrutez-la, cette table, avec ses nœuds noircis par le temps, ses marques d'usure, ses entailles, comme autant de mystérieuses runes. Et que voyez-vous sur cette table ? Deux petites boîtes finement ouvragées avec leurs couvercles vernis, l'une fermée, l'autre ouverte, et sur les deux une inscription illisible, de fines traces verticales d'écriture, malicieusement inventées par le peintre pour signifier simplement par là l'écriture, à l'œil comme à l'esprit, plutôt que de donner platement à lire des mots inscrits véridiquement sur la toile. Et ceci, le voyez-vous encore ? À côté de la petite boîte ouverte, un petit billet de papier, vélin à ce qu'il semble, qui, encore plié en quatre il y a quelques instants, déploie sa précieuse corolle et l'offre aux regards. La sentez-vous, la texture veloutée du vélin ? Caressez-le des yeux quelques instants. Et donc ? Oh, point n'est besoin d'être un Œdipe pour comprendre l'énigme, Monsieur. Allons, cherchez, cherchez un peu, et ce faisant n'oubliez pas que Monsieur le *magister artium* Burmeister reste au tréfonds de lui *magister ludi*. Vous peinez ? Mais c'est que tout ceci est par trop lumineux, et vous aveugle, Monsieur : tendez donc la main et vous trouverez, dans la petite boîte fermée, que vous ouvrirez, de petits papiers invitant à lire, pour l'un, tel passage de la *Première épître aux Corinthiens,* pour l'autre, telle section de l'*Évangile* – de Jean, bien sûr –, ou tel psaume de David ; et dans la boîte ouverte, dardant leurs pétales, de petits papiers invitant à lire, pour l'un, l'ode d'Horace à la fontaine de Bandousie, pour l'autre, Virgile, les amours de Didon et Énée, et encore, les mille baisers de Catulle à sa Lesbie, et encore *L'Art d'aimer* d'Ovide et autres menues métamorphoses, et encore, pour le Mardi-Gras licencieux, telle épigramme de Martial choisie, ou inventée, par le cousin Joannes ; et voyez comme la petite boîte devient corne d'abondance, à y regarder de plus près. Ainsi, le bienveillant *magister ludi* invite chaque soir, selon ce que le sort décide par sa blanche main – oui, *alea jacta est*, vous avez compris, vous l'avez vu, vous le voyez, là, sur la table, ce dé et ses six faces, près de la petite boîte ouverte – le maître, donc, invite un membre de la tablée à se prêter au jeu : tel jour, Dorothea prend la parole de sa voix gracile, tel jour, c'est Christian, de sa voix déjà posée et profonde – lui sera *cantor*, c'est sûr – ; tel jour, c'est la mère, et je vous assure, Monsieur, qu'en ces instants, lorsque son œil pétille, personne ne la jugerait maritorne. Et l'on comprend leur joie : c'est qu'une fois désigné par le sort, le récitant du soir, le pieux évangéliste a toute liberté pour choisir dans laquelle des deux boîtes il puisera l'édifiante lecture du jour, et curieusement, fort curieusement, voyez-vous, le choix des uns comme des autres se porte toujours sur la même boîte, celle que la petite légende familiale a fini par appeler corne d'abondance. Une corne cubique : ainsi va le monde de Monsieur Burmeister.

De ce temps-là, Monsieur, on sait encore une anecdote, pour l'an 1619 – et aussi bien je n'aperçois qu'elle qui frétille encore dans les filets de ma mémoire. Elle me vient des chers Dioscures, au détour d'une de leurs confidences épistolaires, elle aussi a pris place dans la petite légende, et pour cause, le professeur Burmeister fut très officiellement convoqué par Monsieur le Recteur en ses appartements, y fut blâmé, morigéné puis sermonné, pour folle imprudence et désinvolture : *Seigneur Burmeister, mais à quoi pensez-vous ? Êtes-vous donc devenu papiste pour oser introduire les ferments du vice dans l'enceinte du savoir et de la piété ? Avez-vous donc oublié ce que sont les tentations de la chair qui ont corrompu l'Église, avant que notre vénéré D. M. L. n'introduise sa providentielle Réforme qui nous a ramenées, pauvres brebis égarées, dans le droit chemin ? Peut-être vous croyez-vous élu de Lucifer ? Te credisne a Lucifero electum ?*

Mais, Monsieur, que ne ferait pas un père ? Est-ce que bien lui en prit ? Je vous laisse juge. Le 14 mars 1619, voilà vingt-cinq ans que Joachim Burmeister est *magister*, autant dire un petit jubilé, et par goût des célébrations, il accède pour ce jour à tout souhait de sa vibrionnante progéniture. Et l'on dit que ce matin-là, on le vit marchant d'un pas rapide, plus qu'à l'accoutumée, accompagné d'une de ses filles, la jeune Dorothea justement, bientôt quinze ans. L'âme pure et fraîche, l'ange réformé, la brebis pieuse voulait prendre leçon de latin en l'école, sous la férule du père et maître en ses habits officiels. Une fille à l'école, Monsieur, en ces temps où elles ne font que filer, tisser, quenouiller, filandrer, prier, tout ce que vous voudrez – une fille à l'école, et rayonnante d'y être. Oh, elle eut beau se tapir discrètement en un coin, se tenir la plus éloignée du poêle, se couler en sa mante : on ne vit qu'elle. Déclinaisons, accords, conjugaisons, et un don de Dieu. Ce jour-là, Monsieur, en contemplant la délicieuse brebis, les cent yeux d'Argus, les cinquante minois qui d'ordinaire aimaient à buissonner par l'esprit, ne furent point pris de somnolence, et chacun se promit d'être son doux berger. Elle fut nommée la Rose de Rostock. *Rosa rostochiensis, Rosa Rosarum.*

Ainsi soit-il. Mais parce que je vois bien, au loin, les Érinyes de l'éternelle érudition qui s'avancent, fourbissant leurs certitudes pour accabler le pauvre Burmeister, l'agonissant de leurs avanies et autres sifflantes méprises, brodant sur le vieux thème, *Pour qui sont ces serpents ? – Sisyphe,*

Sisyphe –, avant que de me taire, je dois encore vous dire ceci : pensez-y bien, Monsieur, comment Burmeister pourrait-il être, ne fût-ce qu'un jour, un Sisyphe râleux, aigri et cacochyme, lui qui a – ô joie, pleurs de joie – retrouvé le précieux rameau d'or (ce fut en 1608, Monsieur), lui qui a publié, livré à la lumière, au monde, en 1609, après quelques mois de labeur ardent, ledit rameau, c'est à savoir le manuscrit de feu docteur Henricus Brucaeus, lui qui l'a édité à ses frais, en un temps où ses propres ouvrages étaient déjà au pilon, si pilon il y avait en ce temps, lui qui l'a édité avec soin, consignant, respectant, honorant tous les chiffres, tableaux, commentaires, scolies notés par le défunt maître ? On a négligé, oh oui, négligé ce texte, Monsieur, parce qu'il n'est point de Burmeister, parce que l'on préfère les petits mythes de la création inspirée et magnifique à l'humble travail de secrétariat d'un particulier qui publie à ses frais, *impensis suis*, une salade pythagoricienne assaisonnée de proportions au goût superparticulier, trop fade ou trop saumâtre – aimez-vous le hareng ? Mais, Monsieur, vous savez (si du moins vous suivez mon petit babil en son détail) que ce texte est précieux ; ô, précieux texte, qui arrache à son modeste éditeur – lequel délaisse à cette occasion, et par exception, la petite *excusatio propter infirmitatem* imposée, les

Saint-Jacques, bonnes œuvres calculées et autres indulgences monnayées, en un mot, se déprendre de toutes ces bondieuseries tout à la fois fort peu et trop catholiques, pour ne vivre que de sa vie intérieure, spirituelle, de sa foi régénérée au fil de conversations intimes avec le Seigneur, en espérant la grâce. De Luther, de la Réforme, Burmeister a tout compris, Monsieur – tout compris et tout transposé, comme à la quarte ou à la quinte. Il est élu, Monsieur, non de Dieu, mais des Muses, mais d'Orphée qui, seul Seigneur qui vaille, lui accorde sa grâce. Le Paradis lui est promis, et il a nom Parnasse. Rameau d'or et lamelles d'or y conduisent. Ainsi donc, au-dehors, pieusement, notre hussard noir reste hussard enfraisé, fait paître, inlassablement, ses ouailles aux yeux d'Argus sur les verdoyantes prairies de Latinie. *Delenda est Carthago, etcetera, etcetera.* Mais au-dedans, au tréfonds de son cœur, en songe, il trace son chemin, s'élève vers son seigneur musi-cien et, pour ce faire, quitte en secret la contrée des Roses pour celle des Muses, fleurie à perte de vue et d'oreille, comme la langue de Cicéron. Route tout intérieure que celle-ci, route toute spirituelle, Monsieur, spirituelle, ou du moins, en esprit, au fil des petites rêveries – ou grandes divagations – de ce cher Burmeister, conforta-blement niché dans son cabinet des Muses.

La route est longue, car les Muses ont pour séjour l'Italie, et non le froid Septentrion. Mais un jour, quittant une forêt inextricable – elles le sont toutes, toujours, dans les récits, qu'ils soient de grâce ou d'initiation, c'est tout un – il arrive en une clairière où se trouve le lac de Mnémosyne. Il s'y penche, il y boit, et les Muses, à l'instant, sont là, comme autant de fleurs qui le regardent. Burmeister les salue, s'incline et promet, en langue fleurie et ineffable, d'édifier pour elles un palais.

Oh, je le vois bien, Monsieur, votre petit œil goguenard, qui ricane et se gausse de ce nouveau facteur Cheval – un ahuri bâtisseur de plus, en somme, de quelque surnuméraire bâtisse aussi grotesque que gothique. Or, pour cette fois, je me garderai bien de vous tancer et de trancher, car la petite légende familiale ne me souffle pas ce qu'il faut penser des élucubrations et fantaisies architec-turales du sieur Burmeister. Tout au plus, si je m'arrête et tends l'oreille, aussi bien que l'esprit, vers la petite rumeur du temps, elle me murmure ceci : songeant à son palais, Burmeister lut Vitruve, fut absorbé des mois entiers dans Vitruve, les dix livres *De l'Architecture*, autant dire la sainte Bible pour qui bâtit un palais dans le goût des humanités. Lisez Vitruve, Monsieur, lisez – le livre II, par exemple, où vous apprendrez tout sur la brique, le sable, la chaux, la pouzzolane, le tuf rouge, le tuf noir, le tuf blanc, le bois. Lisez, lisez. Mais sachez que Joachim Burmeister quant à lui, qui à n'en pas douter lit plus vite que vous, a bien vite décidé, au tréfonds de son cœur, que son palais ne serait point bâti de pierre et matériaux sonnants et trébuchants – Sisyphe n'a que faire de roches et rochers. Non Monsieur, son palais ne sera point fait de brique trapue de Rostock, non pas même de brique romaine, revêtue de son petit manteau de pierre, travertin ou carrare, marbre franc et indubitable. Il ne sera pas un de ces palais dérisoires où l'on s'assure, jour après jour, de son fragile pouvoir en battant le pavé d'un pied sonore, toqué et convaincu, comme pour conjurer le sort. Non Monsieur, le palais qu'édifiera Burmeister à la gloire des Muses, filles de Mnémosyne, sera un palais mémorable – un palais de mémoire.

Or vous saurez, Monsieur, qu'un tel palais ne se visite qu'en esprit : ainsi le veut le maître ès arts. Et certes des palais de mémoire, Joachim Burmeister sait tout, car ils sont d'orateurs : palais mentaux que construisaient les Anciens, palais intimes dont ils arpentaient inlassablement les salles, déambulant, s'arrêtant devant des statues mentales, scrutant sur chacune d'elles les signes, objets, emblèmes où se logeaient les mots de leurs discours ainsi confiés à leur mémoire, et qu'ils prononceraient dès lors sans effort devant un auditoire conquis. Burmeister a lu, Monsieur, il a lu, il sait grâce aux maîtres anciens que *l'on peut embrasser par la pensée l'étendue tout entière d'une contrée, et y former et construire en esprit selon ses choix tous les édifices qu'il conviendra.* Et si maintenant je porte mes yeux au loin, très loin, vers ce monde ancien, je le vois qui, au fil des jours, des mois, des ans, édifie son palais de mémoire à la gloire des Muses – les Muses par manière de dire, car il vénère, vous le savez, non pas les neuf, mais plus que tout, Musique, Rhétorique et Poésie. Pour chacune il bâtit de somptueux appartements, avec leurs enfilades de vastes pièces, leurs façades, architraves, linteaux, pilastres, ordres toscan, ionien, dorique et corinthien. Chaque jour, lui, l'élu (il le sait, il le sent, joyeusement, humblement), œuvre et célèbre ses élues par la grâce de statues sonores. Tel jour, en une salle aux voûtes généreuses, il court en tous sens et dispose, dans des niches finement moulurées, quatre statues drapées dans leur marbre veiné, figures de l'harmonie en style sublime, Hypotypose, Noëma, Anaplokê, Aposiopèse. Le lendemain, en les mêmes lieu et place, il s'affaire et érige cette fois quatre statues qui mêlent l'harmonie et la mélodie : Fugue, Apocope, Anadiplose et Faux-bourdon. Puis il écoute, en son monde intérieur. Il pense aux fleurs, aux roses.

De ce palais, Monsieur, les Muses sont ravies, et Burmeister sourit. Sourire du simple, l'air absent, sourire du fou qui extravague, sourire du bienheureux ? Je vous laisse juge. Mais pour quelques instants encore, tendez l'oreille, écoutez la petite rumeur lointaine, arpentez à pas tranquilles les salles de ce royal palais qu'a bâti son esprit : pouvez-vous l'entendre, l'entendez-vous, ce somptueux contrepoint statuaire de Monsieur Burmeister, orné de ses figures aux mille couleurs ? La voyez-vous, l'entendez-vous, cette procession sonore et colorée des fleurs musicales ? Le voyez-vous, ce palais de rhétorique et musique ? On le croyait Sisyphe : il avait enfanté un monde de mots, d'images et de sons. Et ce monde, Monsieur, est de ceux qui, toujours, nous ramènent à l'éternelle Rome.